Y

Philippon

C.

ÉPITRE POLITIQUE

A MON PÈRE.

IMPRIMERIE DE AUG. AUFFRAY,
PASSAGE DU CAIRE, N° 54.

ÉPITRE

POLITIQUE,

A MON PÈRE,

Par D. A. Ph...

GARÇON BOULANGER.

Ornée du Portrait de l'Auteur.

Heureux qui gouvernant des hommes de raison,
Sait, comme eux, mépriser le suranné blason;
Qui roi d'un peuple libre abjure le gothique,
Et ne vient point enfler sa folle politique
Des titres *de très-haut et très-puissant seigneur :*
Ces mots, à l'homme libre, inspirent de l'horreur.

Page 9.

PRIX : 60 CENTIMES.

A PARIS.

CHEZ TOUS LES MARCHANDS DE NOUVEAUTÉS.

—

OCTOBRE 1832.

AU LECTEUR.

Lorsque je commençai cette *épître*, je n'avais d'autre intention que celle de l'envoyer à mon Père; j'étais résigné à faire le *gros dos* pour recevoir ses réprimandes.

J'eus l'occasion d'en faire la lecture à quelques amis, qui m'engagèrent à la faire imprimer.

Je m'y suis résigné en demandant au lecteur pardon de ma témérité.

Les critiques ne manqueront pas de m'appliquer ces vers de Boileau :

« Encore est-ce un miracle en ses vagues furies,
» Si bientôt imprimant ses sottes rêveries,
» Il ne se fait graver au-devant du recueil,
» Couronné de lauriers par la main de Nanteuil. »

Mais, que faire? l'on m'a dit qu'une *image* était un hochet en tête d'une brochure, et qu'il en fallait une en tête de la mienne. Qu'y aurais-je mis? *une poire?* pas si bête! l'on m'eût fait un procès. J'y ai mis mon portrait : caricature pour caricature... Qu'importe!...

ÉPITRE POLITIQUE,

Avec toi, bon papa, j'aime à m'entretenir
Du passé, du présent, aussi de l'avenir.
Sais-tu d'où vient l'orgueil et l'affreux égoïsme?
Des leçons du jeune âge ils sont le fanatisme.
Sais-tu pourquoi mon oncle a pris le ton hautain;
Et qu'il est tout bouffi de grec et de latin? [1]
C'est qu'en son bon vieux temps, autrefois mon grand père
Dépensa plus pour lui que pour son jeune frère;

[1] Ces deux vers et les quatre suivans sont un jeu de mon imagination, je n'ai nullement eu l'intention d'y peindre le caractère d'un de mes oncles qui a long-temps professé les belles-lettres ; à Dieu ne plaise qu'il s'en fâche, je déclare avoir de lui une toute autre opinion.

Ces mots à l'homme libre inspirent de l'horreur :
Ils agitent le sang qui circule en ses veines
Et lui font pressentir des espérances vaines.
Juillet épouvanté recule de cent ans;
Il pâlit au destin de ses nobles enfans;
Il proteste, il abjure, vainement il s'étonne
Le Sens Commun répond, que juillet déraisonne;
Qu'il ne peut se laisser river de nouveaux fers
Et que nous entendons la raison à l'envers.
Insultant au *Bon Sens*, il montre sa faiblesse, [1]

ronne à une insurrection populaire, ne sont pas des Rois par la grâce de Dieu, et des courtisans de bon goût leur auraient épargné cette parodie burlesque du blason seigneurial. (*Extrait du Journal le Bon Sens*, 19 août 1832.)

[1] Le Sens Commun a le front de dire dans son numéro du 16 septembre 1832 : « Le *Bon Sens* veut comme en 93 les lois somp-
» tuaires, ces lois auxquelles on dut la fermeture des fabriques,
» la suppression des arts et de l'industrie; ces lois qui favorisent
» les importations étrangères et ruinent toutes les sources de pros-
» périté; ces lois de haine, enfin, qui sapent la fortune des
» états... etc.

Où, quand le Journal le *Bon Sens* a-t-il proclamé une sem-
blable doctrine? j'en appelle à ceux qui comme moi, ont lu tous ses numéros? Quand la logique d'un écrivain est payée pour men-
tir, cet écrivain devient plus méprisable que l'or qui le fait parler. Je le compare au fanatique qui reçoit un salaire pour commettre un crime. Je le plains.

Jugez de la petitesse de ses ressources pour combattre le *Bon Sens*; jugez de sa sottise par ses sots argumens. Dans ses *boutades* (2me supplément, 5 août) il dit : « *le Bon Sens* se vend un sou.
» C'est une erreur, on l'offre pour un sou; mais il ne se vend
» pas. » — Menteur, effronté menteur! je le paie 2 sous, moi, et tes colporteurs me l'ont fait payer 4 un certain dimanche. Il lui sem
blait donc qu'il y avait plus à gagner avec lui qu'avec toi.

Le Bon Sens est français et parle avec justesse.
Le bonheur du pays est son unique vœu, [1]
Et son antipathie est le juste-milieu ;
Il prêche la raison, son élocution franche
N'a point le ton cafard de celle du *Dimanche*. [2]
Tel entre deux plaideurs le coupable effronté
Jure dire à son juge en tout la vérité ;
Mais les juges d'iceux sont des millions d'hommes!...

Le peuple à qui juillet décerna des couronnes ;
Et qu'ils croient sur ce ton pouvoir édifier,
Dit qu'ils perdent leur encre, leur temps et leur papier,
Car le peuple aujourd'hui fait de la politique
Que ne vient point solder l'or aristocratique ; [3]
Leurs écrits surprendront nos enfans, nos neveux,
Sur eux retomberont des souvenirs affreux,
Et la postérité, juge calme et tranquille
En lisant leurs journaux [4] polémique inutile,
S'étonnera qu'après des jours si glorieux
Liberté fut un mot jugé séditieux. [5]

[1] Jamais le *Bon Sens* n'a répondu aux sottises du *Sens Commun*, il s'élève et ne s'abaisse pas.

[2] Le *Dimanche* : Journal, frère aîné du *Sens Commun*, payé comme lui pour déraisonner et nous abrutir s'il était possible.

[3] Le peuple a montré en juillet 1830, que la raison et son droit étaient les seuls guides de ses actions ; il ne fut point payé pour se battre pendant trois jours ; on osa lui montrer des fers, et il anéantit ceux qui les avaient forgés.

[4] Le *Dimanche*, la *Constitution* de 1830, le *Sens Commun*, le *Bonhomme Richard*, etc.

[5] Les poursuites et condamnations prononcées contre la *Tribune* et autres journaux libéraux, justifient ce vers.

Mais, toi, mon bon papa, qui vis dans la province
Et ne vois que de loin les courtisans du prince
Tu vas me demander où j'ai rêvé cela ?...
Je ne l'ai point rêvé, car tous les faits sont là.
Je vois, le cœur serré, la Pologne asservie
Errante en nos climats chercher une patrie ;
Les vrais Français pour elle ont pu former de vœux ;
Mais non pas empêcher son destin malheureux.
Ils furent nos amis et généreux et braves ;
Nicolas sous nos yeux en a fait des esclaves
Et cependant Philippe avait dit aux Français :
« *Leur nationnalité ne périra jamais.* [1] »

[1] L'Europe entière connaît ce grand mot, cette promesse solennelle de Philippe Ier... Voici ce que dit le Journal le *Bon Sens*, dans son numéro du 5 août 1832 : « Vraiment, en voyant ce qui se passe aujourd'hui en Pologne, et la profonde indifférence où reste l'Europe, on croit assister à un rêve : on ne peut se persuader que de nos jours, sous nos yeux, tant de barbarie excite si peu de compassion, et que tant d'atrocités se commettent impunément. La transplantation de la nation polonaise continue avec la plus affreuse persévérance. On évalue déjà à 50,000 hommes en état de porter les armes, le nombre des Polonais qu'on a envoyés dans l'intérieur de la Russie, pour y être incorporés à l'armée russe.

Un *ukase*, une ordonnance de l'Empereur, vient de décréter la transplantation dans les gouvernemens du Caucase et d'Orenbourg sur la mer Caspienne, à 5 ou 600 lieues de Varsovie, de tous les nobles qui ne sont pas propriétaires ou qui n'ont pas d'emploi.

Il est évident que cette mesure atteindra toute la noblesse polonaise, etc.

Un autre ukase ordonne que les femmes et les enfans des exilés en *Sibérie*, devront les y suivre : on étend même cette mesure aux

L'Italie à son tour, comme elle prit les armes !
Mais bientôt dans son sein Ancône eut des gendarmes [1]
Bologne osa nommer la sainte liberté,
Et l'Autriche et la France ont dit : « *futilité* !
» Reprenez vos licoux, vous êtes en démence,
» Nos soldats vont bientôt vous imposer silence. »
Aussitôt dirigeant sur eux des bataillons [2]
Aux braves qui partaient, ils ont mis des bâillons.
Juillet qui vit cela, tout bouillant de colère,
Répétait à son roi, change ton ministère !
Ne fais pas comme a fait cet aîné des Bourbons ;
Des courtisans, crois-moi, rejette les dictons ;
S'ils viennent bourdonner auprès de tes oreilles,
Réponds leur en riant qu'ils disent des merveilles ;
Mais écoute la voix de tes concitoyens...
Eh ! que vont devenir les braves Argiens ? [3]

femmes et aux enfans de ceux qui, par la fuite, se sont soustraitfs
au jugement de Nicolas.

[1] (Italie). On écrit d'Ancône, 13 juillet, que le général Cubières qui commande dans cette ville pour les Français, paraît agir tout à fait dans les intérêts du pape, et contre les libéraux et les patriotes Italiens, qu'on poursuit et qu'on exile. *Les soldats français sont changés en gendarmes* pour le service du pape et des prêtres. Quarante grenadiers français remplacent les gendarmes chargés d'exécuter les ordres de la haute police. Pour distinguer ces militaires des autres, on leur a fait ôter le blanc qui couvrait leurs buffleteries, elles sont jaunes aujourd'hui comme celles de la gendarmerie. (*Le Bon Sens*, 29 *juillet* 1832, Nº 1ᵉʳ).

[2] Extrait de l'article Italie, (Ferrare 23 juillet). *Le Bon Sens* 5 août. « Les Français sont donc à Ancône pour aider la réaction de la cour de Rome contre les idées de liberté. »

[3] Argiens, les Grecs.

Par un traité trois rois leur imposent un maître !...
Un *bambin* sans raison, qui ne vient que de naître [1]
Bientôt doit gouverner la vieille nation
Qui jadis a vaincu les braves d'Ilion.
Ainsi les gouvernans de notre France libre
Vont des rois absolus maintenir l'équilibre.
Ainsi veut Nicolas, et Philippe premier
Pour lui répondre *amen* dépêche son courrier.

. . . .

Un monstre que nourrit l'erreur ou la démence
Plane sous le ciel pur de notre belle France ;
Plus que le *choléra* de nos maux artisan,
De nos jours glorieux il n'est point partisan.
Tu le reconnaîtras à son regard oblique,
A son geste, à sa voix, à son ton prophétique.
Tu demandes son nom ? Il n'est point sans aveu ;
On le nomme tartufe ou *le juste-milieu*. [2]

[1] Grèce, le *Bon Sens* 19 août. — La Russie, l'Angleterre et la France ont décidé par un traité, en date du 7 mai dernier, que le trône de Grèce serait donné au prince Othon, second fils du Roi de Bavière, enfant encore mineur.

De quel droit trois puissances disposent-elles ainsi du sort d'une nation ? de quel droit lui imposent-elles une forme de gouvernement, la personne d'un Roi ? — Du droit du plus fort.

[2] *Le Bon Sens*, 16 septembre, extrait de son article intitulé : *des alliances politiques*. Aujourd'hui la presse du *juste-milieu* est d'accord avec les carlistes pour regretter les temps de Louis XVIII et de Charles X. Si ces messieurs veulent y revenir, il n'est pas probable, quoi qu'ils en puissent dire, que la France consente à y revenir avec eux.

C'est lui qui dit: Tout beau! ne vous laissez surprendre;
Attendez qu'ils soient morts avant de les défendre,
Et de tout ce que fait le très-haut Nicolas,
Mes amis, croyez-moi, ne nous occupons pas;
Laissons-le sans pitié dévorer la Pologne
Et que chacun, chez soi, finisse sa besogne.
Encourageons don Pèdre à parcourir les mers,
Et politiquement dirigeons ses revers;
Prenons, pour mieux tromper un doucereux langage,
Faisons, faisons rentrer les oiseaux dans la cage!
Alors de ces succès, en partageant le fruit,
Vous atteindrez le port où ma voix vous conduit.

Voilà, mon bon papa, les essais de ma muse,
En cherchant à rimer, dis-moi si je m'abuse;
Alors riant aux fruits de mes faibles efforts
Au pied de l'Hélicon je m'arrête et m'endors...

FIN.

www.ingramcontent.com/pod-product-compliance
Lightning Source LLC
Chambersburg PA
CBHW051430060726
47596CB00006B/2445